D1668583

ein Ullstein Buch

ÜBER DAS BUCH

In einer Straßenbahn beschimpft eine alte Frau den neben ihr sitzenden farbigen Mitfahrer mit rassistischen Sprüchen und den gängigen Vorurteilen gegenüber Ausländern. Die anderen Mitreisenden hören es – und tun nichts. Als ein Kontrolleur zusteigt und die Fahrscheine zu kontrollieren beginnt, passiert es …!
»Schwarzfahrer« erzählt die wahre Geschichte eines Beleidigten, der mit listigem Humor seine Würde behält und die notorischen Schweiger beschämt.

DER AUTOR

Pepe Danquart, Jahrgang 1955, ist diplomierter Kommunikationswissenschaftler. Noch während des Studiums gründete er mit Freunden 1978 die Medienwerkstatt Freiburg. Die dort entstandenen Dokumentarfilme gewannen im In- und Ausland zahlreiche Auszeichnungen und begründeten den guten Ruf dieses Filmkollektivs. In den Jahren 1984–86 arbeitete der Autor als Dozent an der Deutschen Film- und Fernsehakademie in Berlin. Seit 1991 ist er Wahl-Berliner.
Als Regisseur hat er seit Anfang der 80er Jahre mit seinen Arbeiten fürs Fernsehen nachdrücklich auf sich aufmerksam gemacht. Den ganz großen Erfolg brachte ihm allerdings der zwölfminütige Film »Schwarzfahrer« (1993). Nachdem dieser bereits auf mehr als 40 internationalen Festivals gezeigt worden war und dabei über ein Dutzend Preise erhalten hatte, bekam Pepe Danquart in Los Angeles am 21. März 1994 in der Kategorie Kurzfilme den begehrten »Oscar«.

Schwarzfahrer

von Pepe Danquart

Das Buch zum Film

Ullstein

Berlin, 1993 im Sommer. Frühmorgens.

Marx-Engels-Platz (heute Hackescher Markt) von oben.

Ein Motorradfahrer versucht, seine
Maschine in Gang zu setzen – vergeblich . . .

Menschen strömen in die Stadt.

»Der Kurier von hier, 40 Pfennig, der Kurier!«

02:07

zfahrer

e Danquart

Mißtrauisch betrachtet . . .

... werden zwei, die die Nacht durchlebten und jetzt laut Mu

en.

Nebenan ein Flirt.

Als letzte Möglichkeit bleibt unserem Motorradfahrer . . .

. . . die Straßenbahn.

»Ist da noch frei?«

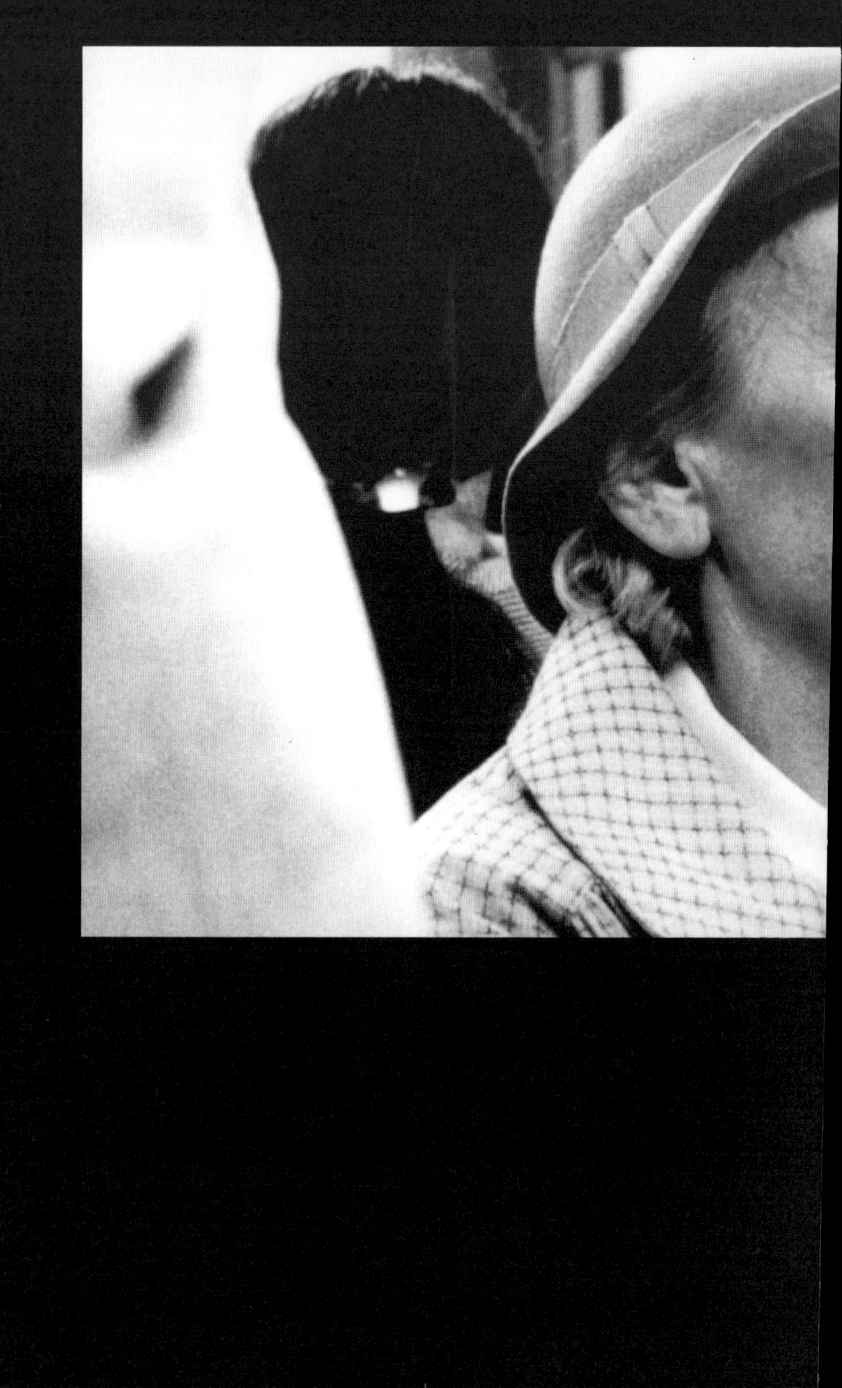

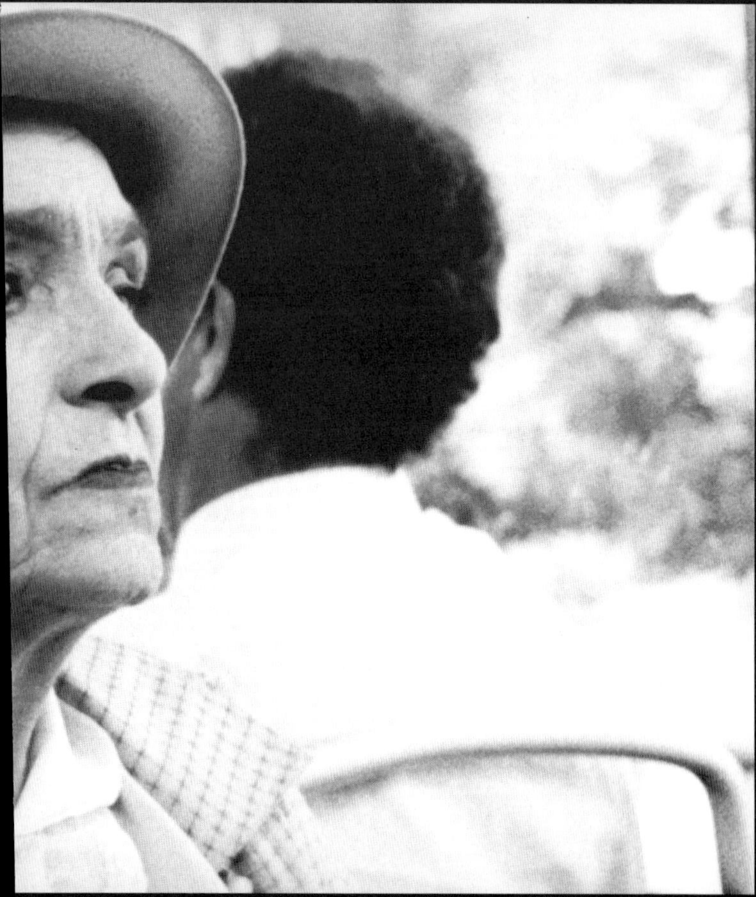

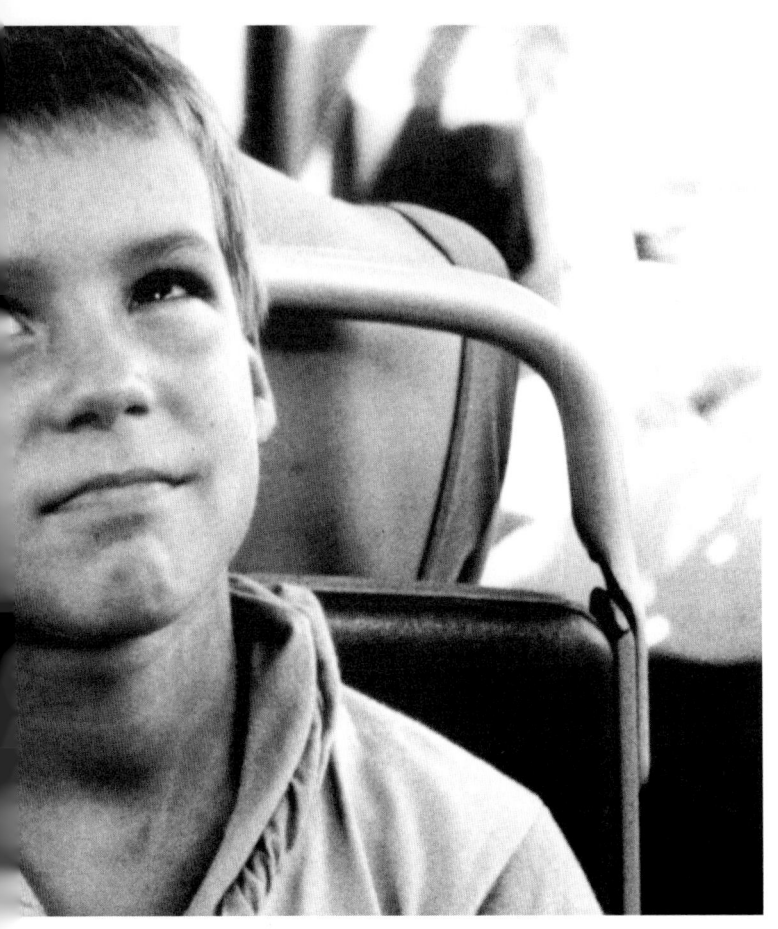

Betrachtet von einem Jungen . . .

. . . nimmt Paul sich einfach den freien Platz.

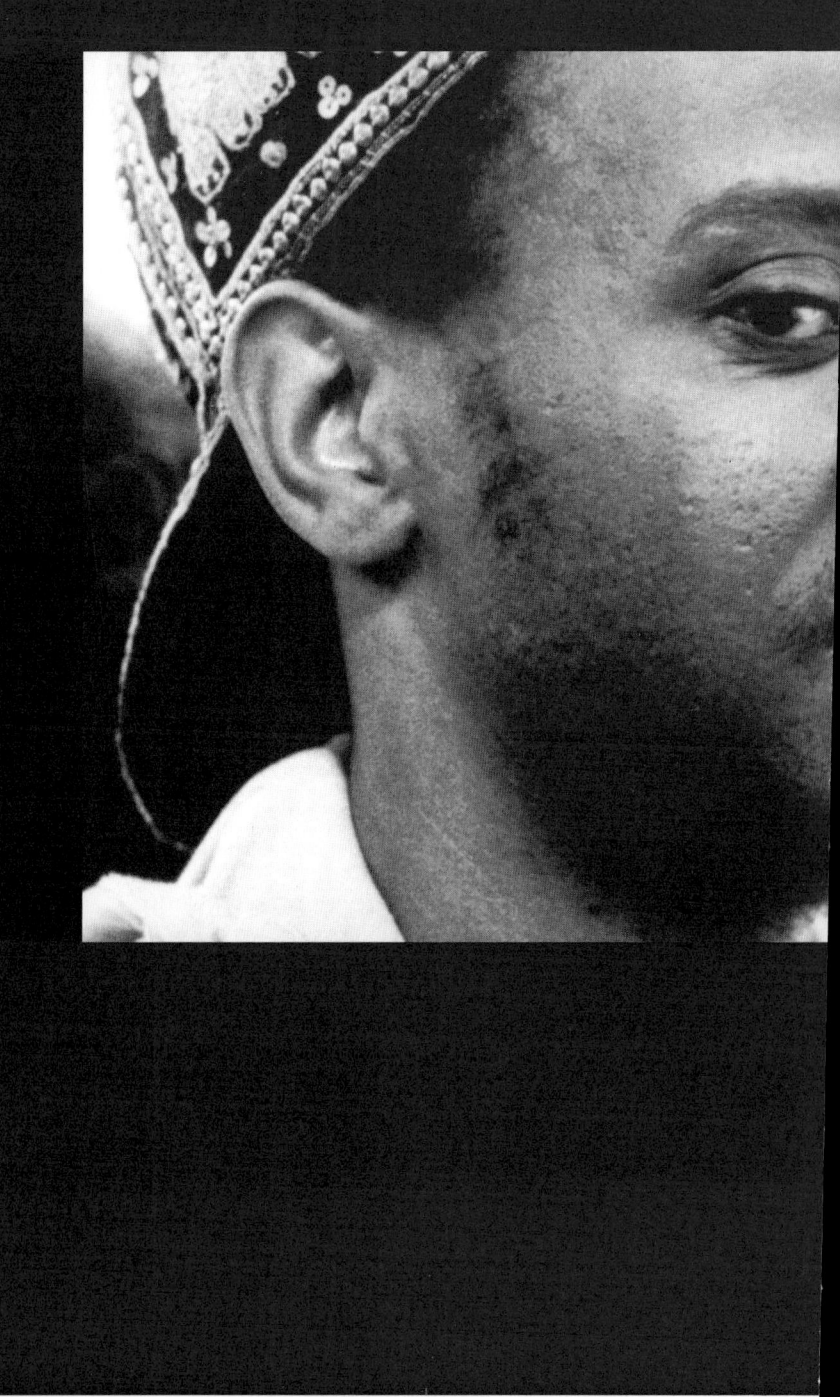

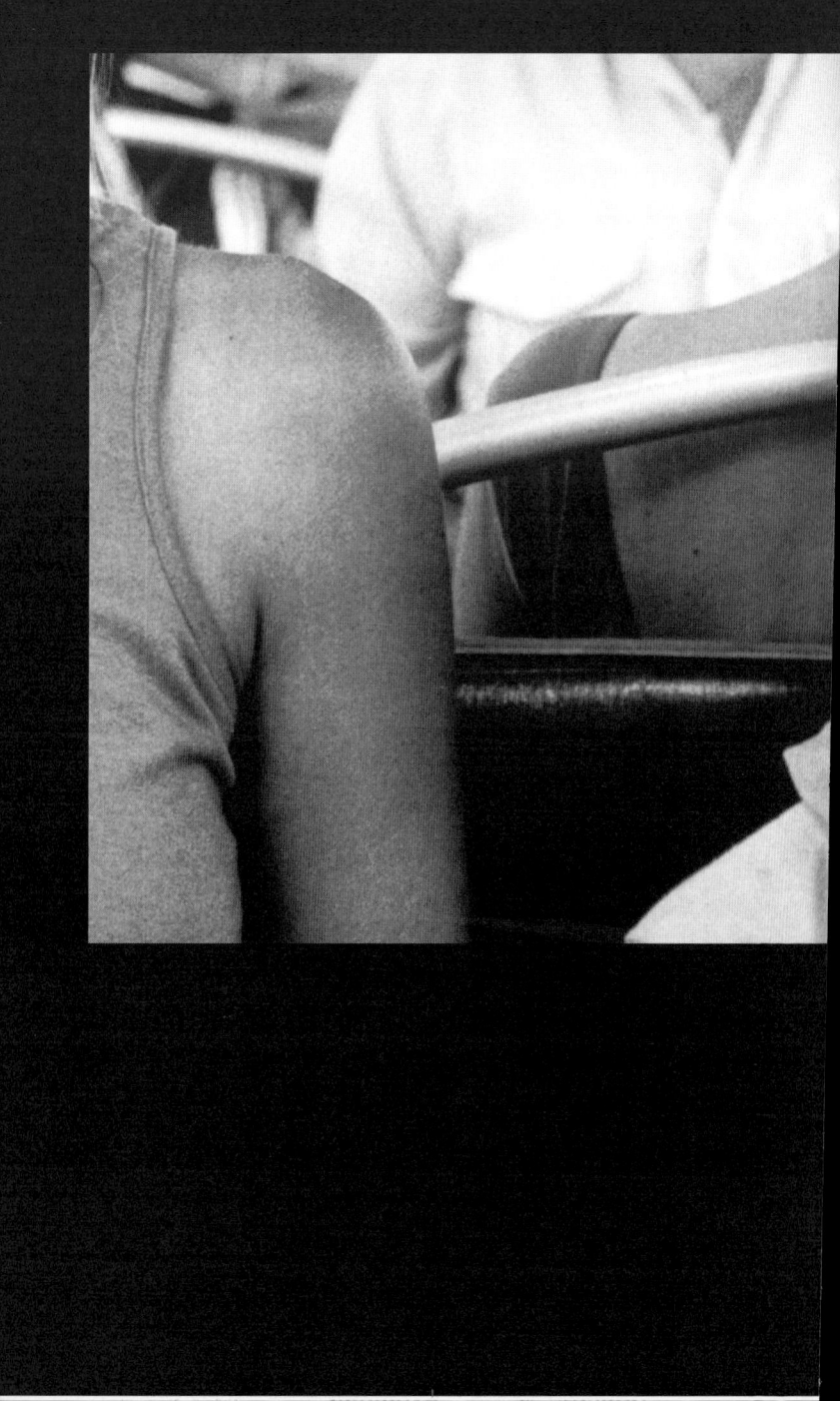

Als die alte Dame u

an ihrem Mantel zieht, weil Paul sich auf ihn gesetzt hat, . . .

. . . fällt durch den Ruck ihre Tasche auf den Boden.

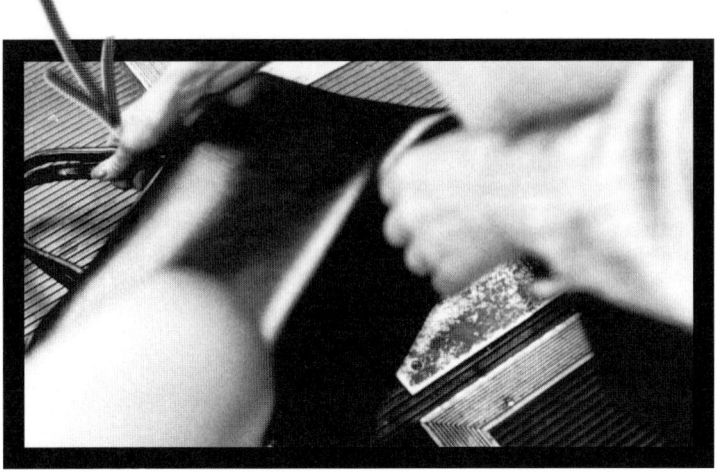

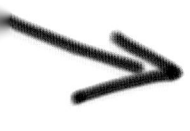

»Sie Flegel! Warum setzen Sie sich nicht woanders hin?

Es gibt doch genug Plätze hier!«

JETZT KANN MAN SCHON NICHT MEHR STRABENBAHN FAHREN,
OHNE BELÄSTIGT ZU WERDEN.

WER VON UNSEREN STEUERN PROFITIERT,

ALS OB MAN SICH NICHT AN UNSERE SITTEN ANPASSEN KÖNNTE!

WARUM KOMMT IHR ÜBERHAUPT ALLE HIERHER?

HAT EUCH DENN JEMAND EINGELADEN?

WIR HABEN ES ALLEINE GESCHAFFT.
WIR BRAUCHEN KEINE HOTTENTOTTEN, . . .

Während die jungen Leute noch miteinander flirten, . . .

. . . DIE UNS NUR AUF DER TASCHE HERUMLIEGEN.

. . . zieht die alte Dame die Aufmerksamkeit anderer Fahrgä

sich.

JETZT, WO WIR SELBER SO VIELE ARBEITSLOSE HABEN.
UND DANN ARBEITEN DIE ALLE NOCH SCHWARZ . . .

. . . *Als ob das jemand kontrollieren könnte,*
wo von denen einer aussieht wie der andere.

Man müßte wenigstens verlangen, daß sie ihre Namen ändern, bevor sie zu uns kommen. Sonst hat man ja gar keinen Anhaltspunkt . . .

»*Im übrigen riechen sie penetrant,
aber das kann man ja schließlich nicht verbieten!*«

Haltestelle. Leute steigen aus und ein.

»Als ob nicht die Italiener und Türken schon genug wären. Jetzt kommt auch noch halb Afrika.«

»*NE DIYOR LAN BU KADIN. AĞZINI SIKRIĞIMIN OROSPUSUNA BAK.
NE DEDIĞINI BILMIYOR. AĞZININ PAYINI VERDIM DEĞIL MI.*«

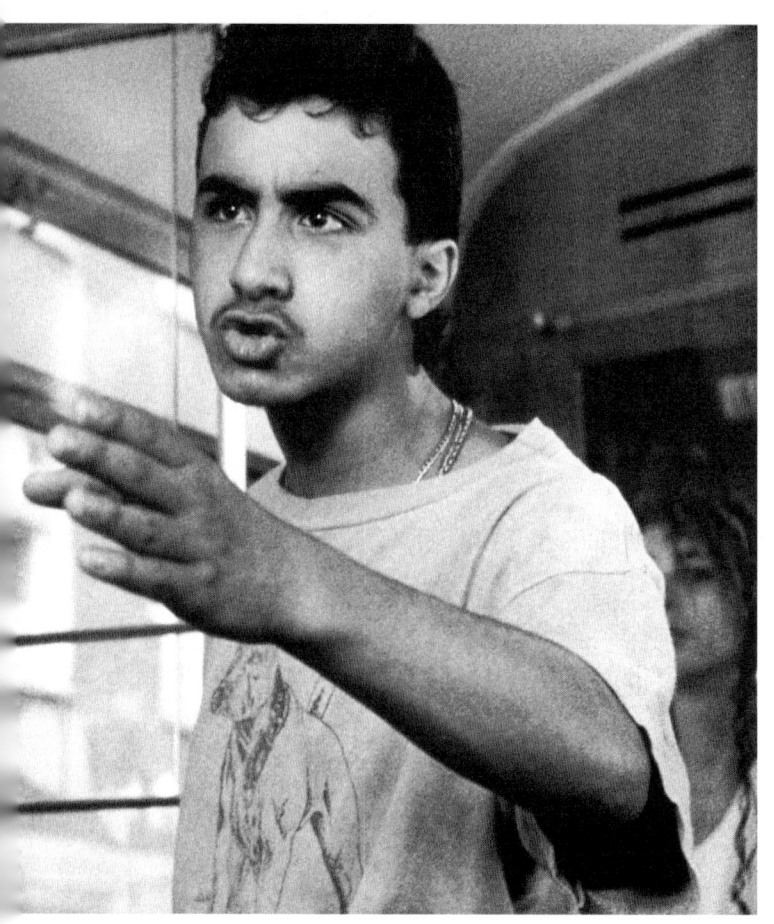

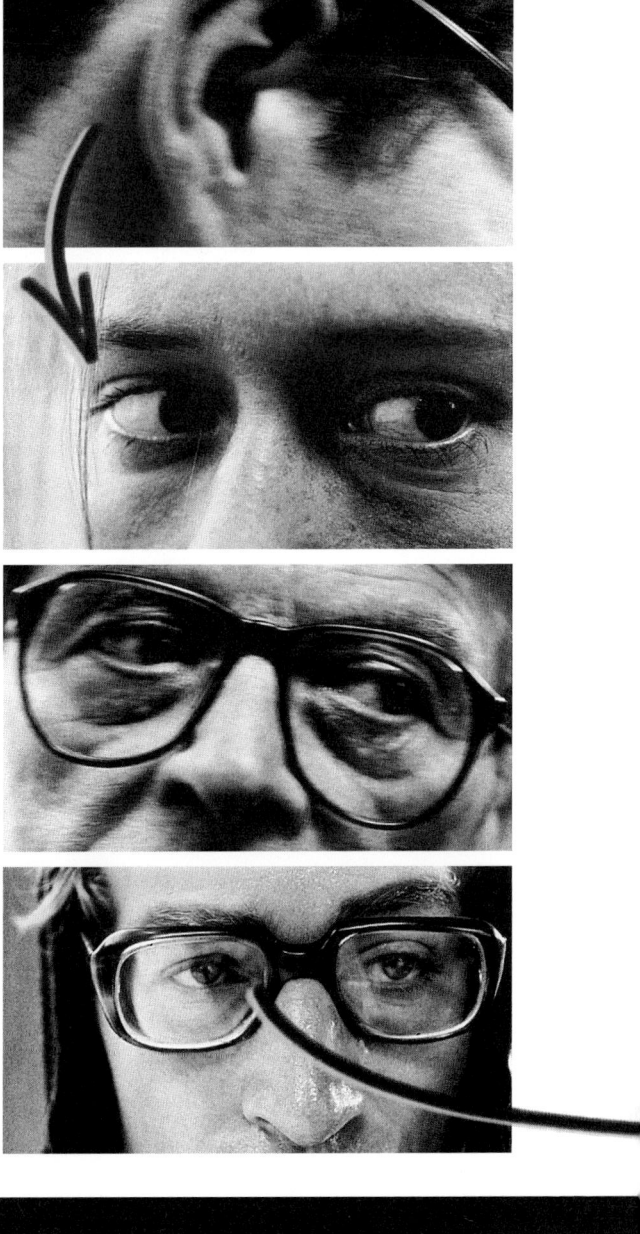

»DAS WÄRE FRÜHER NICHT PASSIERT, DAß ALLE REINDÜRFEN
ZU UNS. MEIN MANN SAGTE IMMER: "LASSEN SIE EINEN REIN,
DANN KOMMEN SIE ALLE, DIE GANZE SIPPSCHAFT."
DIE VERMEHREN SICH JA WIE DIE KARNICKEL . . .

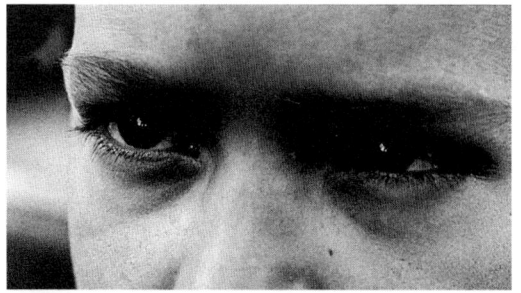

. . . KEIN WUNDER, DASS DIE DA ALLE AIDS HABEN.
DIE KRIEGEN WIR NIE WIEDER LOS. WENN DAS JETZT SO WEITER
GEHT BEI UNS, GIBTS BALD NUR NOCH TÜRKEN, POLEN
UND NEGER HIER. MAN WEISS JA SCHON BALD NICHT MEHR, . . .

. . . IN WELCHEM *LAND* MAN LEBT.«

»GUTEN TAG! FAHRSCHEINKONTROLLE!

09:04

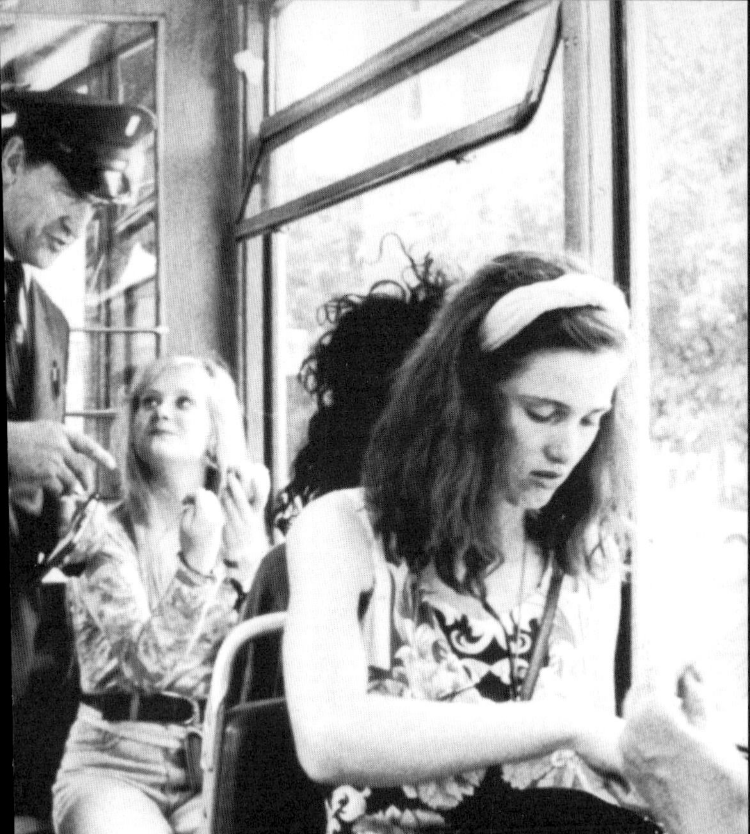

Ihre Fahrscheine, bitte!«

»NA KLAR! SCHEISSTAG!«

Die Situation ist unangenehm ohne Ticket.

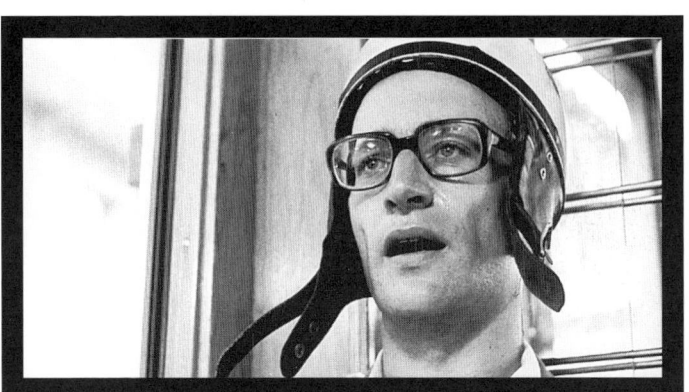

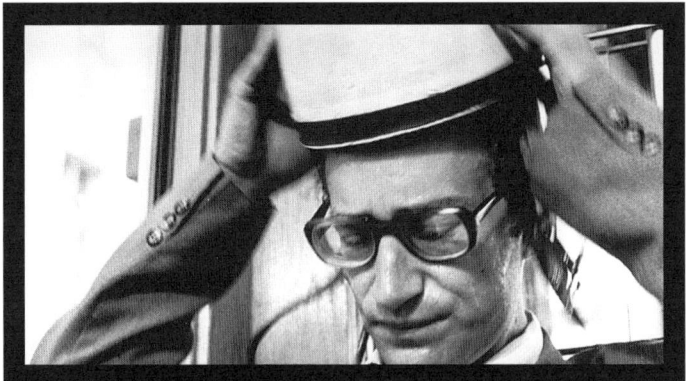

»Ich traue mich ja schon nicht mehr auf die Straße, wenn's dunkel wird, man liest ja so viel in der Zeitung.

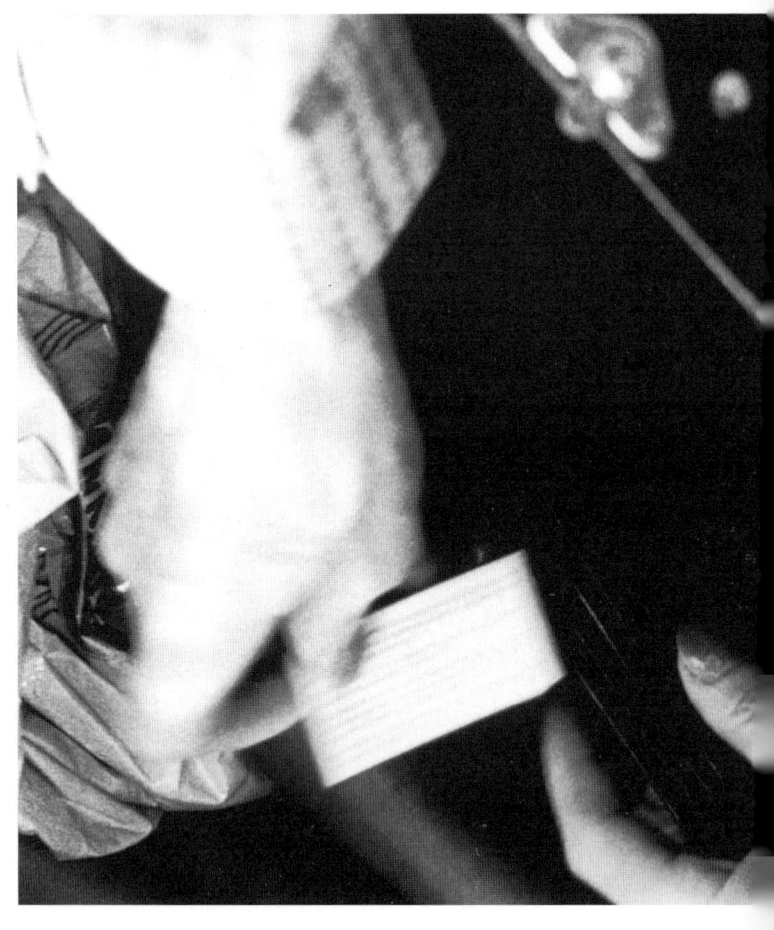

NAJA, WIR HABEN UNS JEDENFALLS EINEN HUND ANGESCHAFFT,
ALS MAN DEM TÜRKEN UNTER UNS DIE WOHNUNG GEGEBEN HAT.

MAN KANN JA NIE WISSEN. SOZIALFALL - VON WEGEN!

DIE WOLLEN ALLE NICHT ARBEITEN!«

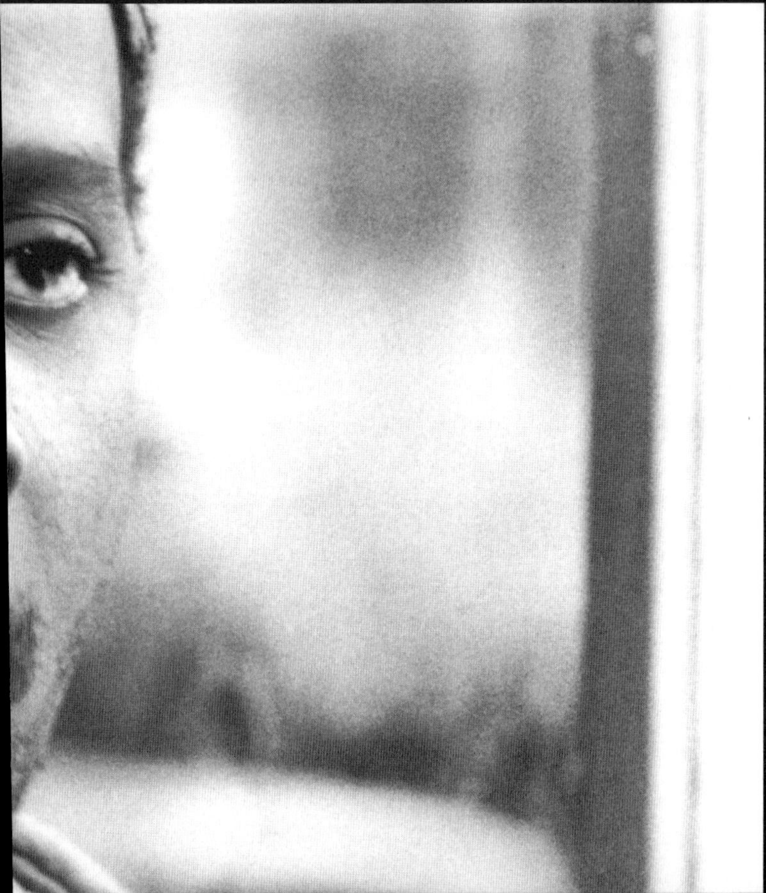

09:48

»MAMA, GUCK' MAL!«

»Ihren Fahrschein, bitte!«

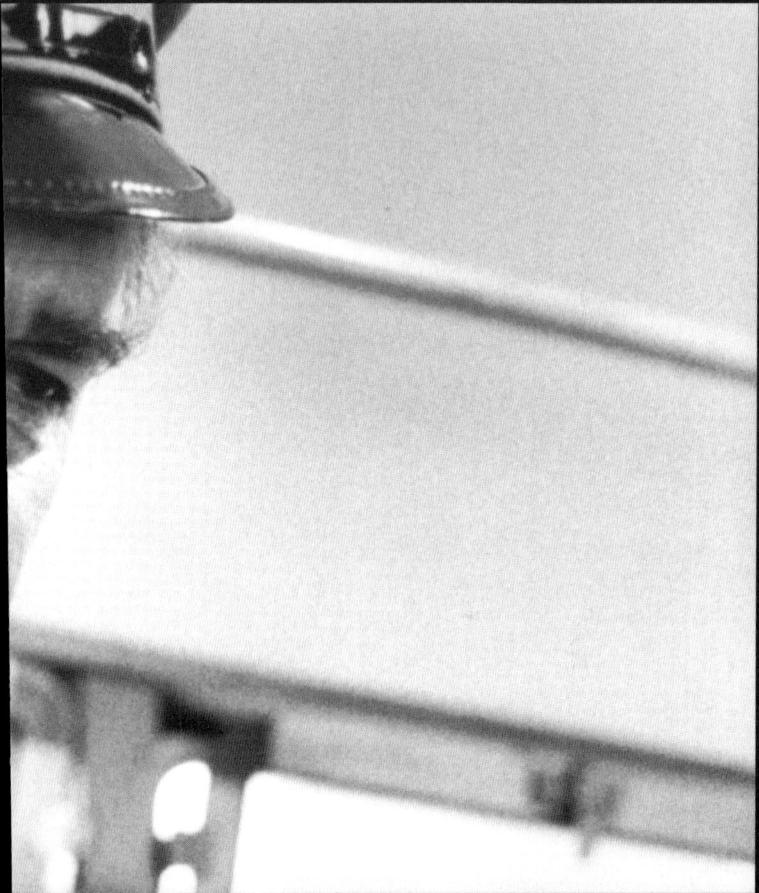

10:03

»DER NEGER HIER HAT IHN EBEN AUFGEFRESSEN!«

»DANKE! SO 'NE BLÖDE AUSREDE HABE . . .

. . . ICH JETZT AUCH NOCH NIE GEHÖRT!

Tja, wenn Sie keinen Fahrschein haben,
muß ich Sie bitten, mit mir mitzukommen!«

»DIE FRESSEN UNSERE FAHRSCHEINE, WENN ICH IHNEN
DAS SAGE. HÖREN SIE, ICH HATTE IHN EBEN NOCH. SO GLAUBEN
SIE MIR DOCH, ICH BIN NOCH NIE OHNE FAHRSCHEIN . . .

ICH VERSTEH' DAS NICHT!
DIE HABEN ES DOCH ALLE GESEHEN!«

Der Motorradfahrer – davongekommen!

DARSTELLER

Alte Frau	Senta Moira
Der Schwarze	Paul Outlaw
Motorradfahrer	Stefan Merki
Kontrolleur	Klaus Tilsner
Mutter	Andrea Katzenberger
Kind	Mark Tiedemann
Walkman	Andreas Schmidt
Geschäftsleute	Mike Traynor
	Gottfried Mischke
	Ursula Schlecht
Jugendliche	Ali Atmaca
	Zozan Atmaca
	Ergin Sari
	Anne Trautvetter
	u.v.a.

STAB

Buch und Regie	Pepe Danquart
Regieassistenz	Anke Schmid
Kamera	Ciro Cappellari
Kameraassistenz	Janucz Reichenbach
Materialassistenz	Thomas Kutschker
Ton	Ed Cantu
Schnitt	Simone Bräuer
Musik	Michel Seigner
Mischung	Martin Steyer
Licht und Grip	André Pinkus
Lichtassistenz	Frieder Benedele
Maske	Urte Schaaf
Kostüm	Yasmin Ramadan
Casting	Cornelia Partmann
Produktionsass.	Eva Gensheimer
Catering	Sarah Wiener
Fahrer	Thorsten König
Straßenbahnfahrer	Wolfgang Frenzel
Aufnahmeleitung	Thomas Winkelkotte
Aufnahmeass.	Frank Brexel
Produktionsleitung	Sandor Söth
	Käte Ehrmann
Produzent	Albert Kitzler

MUSIKAUSSCHNITT

» Keep all the Sunshine (Locked up)«
von Snow Blind Twilight Ferries

Wir danken der freundlichen Unterstützung
der BVG.
Finanziert mit Mitteln der Filmförderung Berlin,
des Filmbüros Mecklenburg-Vorpommern und
den Teammitgliedern.

Eine Produktion der TRANS-FILM GmbH© 1993

Die Situation kennt jeder, ist in dieser oder anderen Form jedem schon min-
destens einmal passiert. In der U-Bahn, Straßenbahn oder im Bus, vielleicht
sogar in der Kneipe oder einem anderen öffentlichen Platz. Es passiert über-
all: in der Provinz wie in den Metropolen (Berlin) – es passiert öffentlich, ver-
deckt, im kleinen und im großen Maßstab, daß Menschen als zweitrangig,
minderwertig behandelt und in ihrer Würde (oder körperlicher Unversehrt-
heit) verletzt werden.

Da wird jemand zusammengeschlagen, und die Herumstehenden halten
sich raus.

Das wird ein Ausländer körperlich oder verbal attackiert, und niemand
bezieht Position.

Da wird ein U-Bahnwagen von einer Gruppe alkoholisierter Fußballfans
terrorisiert, die Aggression bündelt sich auf einen oder wenige und alle sind
froh, daß sie nicht im Zentrum des »Geschehens« stehen.

Da werden in der Kneipe am Stammtisch üble rassistische Sprüche über
Juden und Ausländer ausgetauscht – und niemand interveniert.

Auch dieses miese Gefühl, wenn man nicht eingegriffen hat – danach,
wenn alles vorbei ist – auch das kennt fast jeder.

Die Feigheit, sich nicht einzusetzen für die Menschenwürde eines anderen,
daß einem (durch Angst oder Gleichgültigkeit) die eigene Haut wichtiger ist
als die Demütigung oder körperlichen Schäden eines Fremden – das ist das,
was ich den alltäglichen Rassismus nenne. Und dazu zähle ich auch die
bloßen heuchlerischen gerechten Empörungen nach den Brandanschlägen,
den Ausschreitungen. Zu Hause. Am Arbeitsplatz. All diese symbolischen
Bekundungen, die das Gewissen beruhigen – und nichts ändern. Sie sind –
mit Verlaub gesagt – genauso zum Kotzen wie das Wegkucken und Ver-
drücken beim Auftauchen einer Skinhead- oder Holligangruppe auf offener
Straße, während sie ihr Naziparolen brüllen und Ausländer »jagen«.

Ich wollte einen Film machen, der an diese Erfahrungen anknüpft, nicht
moralisiert, wollte sie erzählen, daß man darüber lachen kann. Es sollte ein
Lachen sein, daß Nachdenken provoziert. Ein Nachdenken über sich und dieser Gleichgültigkeit gegenüber den tagtäglichen Übergriffen, gegenüber die-
sen neuen rassistischen und rechtsnationalen Tönen, dieser größer werden-
den Breitschaft zur Gewalt Ausländern gegenüber.

Eine Minderheit sei das, eine temporäre gesellschaftliche Randerschei-
nung, sagen Sie! Wirklich?

Nun war ich gerade im August '94 zu Dreharbeiten in Bosnien-Hercegovi-
na. In einem Land, wo der Begriff der »ethnischen Säuberung« zum alltäglichen Vokabular geworden ist. Und ich frage mich: ›Ist das, was dort auf der

Schwarzfahrer – ein kurzer Film über's Weggucken

Tagesordnung steht, die Fortsetzung rassistischer Ausschreitungen mit anderen Mitteln?‹ Ein absurder Gedanke, sagen Sie? Dann, mit allem Respekt, frage ich Sie:

– Ist der Molotow-Cocktail und ein brennendes Asylantenheim in Rostock nicht genauso erschreckend wie der Bericht aus dem Dorf Grapka*, in dem alle Einwohner verbrannten, nachdem sie zu Ehren des reinigen Gottes und besiegten heiligen Sava in einem atavistischen Ritual verstümmelt, vergewaltigt und abgeschlachtet wurden?

– Wo besteht der Unterschied zwischen einer Skinheadgruppe, die junge Menschen unter den Augen der Polizei durch die Straßen von Dresden jagt, und dem unfaßbaren Ende von sechs Schülerinnen des Instituts für behinderte Mädchen in Visegrad, die exekutiert und von einer Brücke in die Drina geworfen wurden, während andere kriegerische Milizionäre der »Weißen Adler« die übrigen Mädchen in ein Mienenfeld jagten, um an ihnen ihre bereits erwiesene Treffsicherheit zu üben?

– Was unterscheidet denn respektable Bürger von Mölln, die Rechtsradikale anfeuern während ihres »Sturms« auf ein Asylantenheim von dieser ungewöhnlichen Frau aus Modrica, die im Turm eines Panzers sitzend, mit ihren Hexenfingern auf die Häuser ihrer Nachbarn und Freunde weist, damit diese ein Mörser der Gerechtigkeit Sekunden später zerstört?

Sie sagen, diese Vergleiche seien übertrieben, nicht statthaft? Doch was macht Sie so sicher?

Ist es nicht erschreckend, daß schon dort der Mut fehlt, wo es nur Zivilcourage braucht?

Ist nicht das Weggucken in der Straßenbahn, die Gleichgültigkeit und das Schweigen vor den rassistischen Äußerungen einer alten Frau bereits der Anfang vom Ende? »Es haben's doch alle gesehen!« sagt sie am Ende des Films zum Kontrolleur. Aber es war ja nur ein Film. Ein kurzer Film übers Weggucken.

Berlin, im September 1994

Pepe Danquart

*Die Beispiele aus Bosnien stammen aus dem Buch »Notizen aus Sarajevo« von Juan Goytisolo.

ein Ullstein Buch
Nr. 23570
im Verlag Ullstein GmbH
Frankfurt/M – Berlin
Alle Rechte vorbehalten
Originalausgabe
Umschlagentwurf: Vera Bauer
Gesamtkonzeption, Gestaltung und Realisierung:
Pepe Danquart, Erika Huss, Olaf Prill, Raymund Stolze

Titelfoto: Ekko von Schwichow, TRANS-FILM GmbH
Rücktitel: Ullstein Bilderdienst (Inter-Topics GmbH)
Fotovorlagen: Tilo Wiedensohler (Camera 4)
© 1995 by Verlag Ullstein GmbH
Frankfurt/M – Berlin
Printed in Germany 1995
Lithos: Univers GmbH
Druck und Bindung:
Ebner Ulm
ISBN 3-548-23570-0

April 1995

Gedruckt auf alterungsbeständigem Papier
mit chlorfrei gebleichtem Zellstoff

Der Videofilm »Schwarzfahrer« ist bei der Medienwerkstatt Freiburg, Konradstraße 20, 79100 Freiburg
(Telefon: 0761/709757 bzw. Fax: 0761/701796)
auszuleihen oder käuflich zu erwerben.

Die Deutsche Bibliothek –
CIP-Einheitsaufnahme

Schwarzfahrer: das Buch zum Film/
Pepe Danquart. – Orig.–Ausgabe. –
Frankfurt/M; Berlin: Ullstein, 1995
   (Ulstein-Buch; Nr. 23570)
   ISBN 3-548-23570-0
NE: GT